LES ORACLES DE LA VERTU,

Vtiles à toutes sortes de personnes.

M. DC. LXIX.

Avec Permißion.

LES ORACLES
DE LA VERTV:

vtiles à toutes sortes de personnes.

Aut-il que tant de gens courent aux
　　　precipices,
Et suiuent un torrent qui les meine
　　　aux enfers,
A la liberté même ils preferent les fers
Et fuyent les vertus pour s'atacher aux vices,
Mille rayons trompeurs ébloüyssent les yeux
De ceux qui ne sçauroient les lever jusqu'aux Cieux,
Les tenant seulement arrestez sur la terre,
Quoy que par tout la mort porte son bras vainqueur
Et qu'on soit menassé de l'éclat du tonnerre,
Ny le bruit ny le coup ne touche point le cœur.

A ij

POVR LES PRINCES.

PRinces Ambitieux dont l'ame imperieuse,
  Se flate vainement que ce grand Vniuers,
Auec son estanduë & ses tresors diuers :
N'a pas dequoy remplir vostre humeur glorieuse,
Au milieu des Palais plains de pompe & d'apas,
Couronnez de l'auriers vous sentez le trépas,
Témoins tous vos Cesars & tous vos Alexandres.
Vous n'aurez pas un sort ny plus doux ny plus beau,
Vous serez quelque iour côme eux reduis en cendres
Et descendrez du Trosne en la nuit du Tombeau,

POVR LES IVGES.

PVissants dispensateurs de Loix de la Iustice,
  Dãs vôtre emploi sublime il faut aller biẽ droit
Et pour connoistre au vray le tort & le bon droit,
L'Estude est necessaire autant que l'exercice;
Themis doit gouuerner vostre bouche & vos mains,
Elle vous à choisis pour la paix des humains,
Pour condamner le vice & loüer l'innocence,
I'admire vos grandeurs, mais je crains vostre sort,
Car si vous ne tenez bien juste la Balence,
Tous vos Arests pour vous, sont des Arests de mort.

POVR

POVR LES AMANS.

AMans paſſionez, Eſclaues volontaires,
D'une fiere beauté qui vous rauit le cœur,
Dont l'heumeur incõſtãte & l'œil toûjours vainqueur
Fait vos felicitez, ou cauſe vos miſeres,
Apres auoir bruſlé tous vifs à petit feu,
Pour ſes charmes diuers, ſoit long-temps ou bien peu,
Quel eſt l'euenement de vos flames mortelles,
La vielleſſe ennemie empeſche vos plaiſirs ;
Elle ternit enfin tout l'eſclat de vos belles,
Et la haine ou la glace eſtouffe vos deſirs.

POVR LES VINDICATIFS.

ARdans vindicatifs dont l'injuſte vengeance,
Ne reſpire que fer, que feu & que poiſon,
Voſtre eſprit eſt flaté d'une vaine raiſon,
Qui n'a pas le peuuoir de ſouffrir une offence,
Le trouble & la fureur qui vous tiennent ſoûmis,
Vous font craindre & chercher vos cruels ennemis,
Autheurs de voſtre perte & de vos maux extrémes,
Mais pour en triompher vous venez des derniers,
Vous vous embaraſſez dedans vos pieges meſmes
Ou bien ſouuent le Ciel vous punit les premiers.

POVR LES AVARES.

A Vares malheureux amateurs des richeſſes,
Vous ne vous laſſez point d'amaſſer de l'argẽt
Et pour en acquerir d'un ſoin plus diligent,
Vous faites mille maux ou bien mille baſſeſſes,
Vos coffres ſont remplis d'une montagne d'or,
Voſtre cœur & voſtre œil gardent ce grand treſor,
La peur d'eſtre volez vous donne cent allarmes,
Vos parens, vos amis diſsiperont ce bien,
En vain en le perdant vous répandez des larmes,
Le plus riche en mourant ne peut emporter rien.

POVR LES GOVRMANS.

G Ourmans voluptueux, Diſciples d'Epicure,
Le ſeul dieu du feſtin reçoit tous vos encens,
Et par de bons morceaux obſcurciſſant vos ſens,
Vous tenez dans le corps voſtre ame à la torture,
Vn Vin delicieux un excellent ragouſt,
Contente voſtre humeur & flatte voſtre gouſt,
Mais voſtre auidité n'eſt jamais aſſouuie,
Le nombre des repas ſomptueux & diuers,
Par un excez fatal, abregeant voſtre vie,
Vous rend plus promptement la pâture des vers.

POVR LES ORGVEILLEVX.

SVperbes Orgueilleux tous rēplis de vous mefmes
Qui femblez, regarder le Ciel de haut en bas,
Fouler indignement les fleurs deffous vos pas,
Et dedaigner l'éclat des facrés Diadefmes,
Voftre orgueil infolent médit de vos riuaux,
Meprife vos feigneurs & rit de vos égaux,
Sans craindre juftement ny l'éclair ny la foudre,
Ah! fonge vain mortel dans ton cœur endurcy,
Que malgré tes grãdeurs tu n'es qu'un peu de poudre
Et tu feras bien-toft reduit en poudre auſſy

POVR LES PARESSEVX.

PAreffeux, feneants, inutiles ftatuës,
Sans merite, fans prix, comme fans agrément
Dont les foibles beautez eftant fans mouuement,
Des qu'elles ont paru deuoient eftre abbatuës,
Ennemis du trauail, des belles actions,
De l'Eftude, de l'Art, des occupations,
Qu'on rencontre toufiours au lit ou bien à table,
Triomphez, deformais de cette oyfiueté,
De crainte qu'en perdant un temps confiderable,
Vous ne perdiez encor toute l'Eternité.

POVR LES ENVIEVX.

INquiets enuieux jaloux de tout le monde,
Des Sceptres, des Palais, des esprits, des beautez,
Sans cesse vous tournez les yeux de tous costez,
Par une auidité qui n'a point de seconde,
De vos meilleurs amis vous enuiez le sort,
La fortune & vos vœux ne sont iamais d'accord,
Un chagrin eternel consume vostre vie,
Vous viuez sans repos, comme sans amitié,
De mesmes qu'à chacun vous portez de l'enuie,
Vous estes à chacun des obiets de pitié.

POVR LES MEDISANS.

MEdisans dăgereux dont les langues mordătes
Sĕblent à ces coûteaux qui sŏt àdeux trăchăs
Vous dechirés les bons ainsi que les méchans.
En vomissant contre eux des paroles choquantes,
Aujourd'huy d'une Dame & demain d'un Seigneur
Vous offensés la vie & rauissés l'honneur,
Des parens, des amis, vous osez bien medire,
Iettés les yeux sur vous & songés tout de bon,
Que vous y trouuerés plus de choses à dire,
Qu'en tous ceux dont vos traits déchirent le renom.

POVR

POVR LES FOVRBES.

Fourbes ou bien flateurs dont la voix & la mine,
Deguise incessamment les pensers de vos cœurs,
Ainsi que le serpent se cache sous les fleurs,
On sent sous vos douceurs un poison qui ruïne,
Plus vos traits sont cachés, plus ils sont dangereux,
Ie puis les comparer justement à ces feux,
Dont la cendre cruelle enseuelit les flâmes,
Mais fussiés vous encore mille fois plus couuerts,
Dieu penetre aisement dans le fons de vos ames,
Et vos traits plus cachés luy sont tous découuerts.

POVR LES IVREVRS.

Detestables jureurs, Blasphemateurs friuoles,
Ie croy que vous croyés que vos tristes sermens,
Sont de tous vos discours les embelissemens,
Et font donner creance à vos moindres paroles,
Dites-moy, quel profit, quel honneur, & quel bien,
On reçoit à jurer dans le moindre entretien ;
Contre vous, contre Dieu, qui vous a donné l'estre,
Iurés donc desormais de ne le plus jurer,
Et cherissés le nom de vostre unique Maistre,
Que tout Chrêtien doit craindre & qu'il doit adorer.

POVR LES IOVEVRS.

IMpatiens Joüeurs qui passés les journées,
Et quelquefois les nuits à joüer mille jeux,
Aux cartes cōme aux deZ pour faire un gain hureux
Que vous font esperer vos bonnes destinées ;
Alors que vous perdés ! cent transports vehemens,
La haine & le dépit se joignant aux sermens,
Font voir sur vostre teint mille metamorphoses,
Quittés donc aujourd'huy ces ieux injurieux,
Appliqués vostre esprit à de meilleures choses,
Et songés à gagner le Royaume des Cieux.

POVR LES VOLEVRS.

PEtits & grands Filoux, Voleurs impitoyables,
Habitans des Forests des Antres & des Bois,
Dont la mine, le pas, le regard & la voix,
Semblent nous presager vos desseins execrables,
Tantost dans les Cités, tantost aux grands chemins,
Au riche, à l'indigent, vous faites des larcins,
Et vous ioignez souuent le meurtre à l'iniustice,
Lors que vous estes pris, vous estes sans appuy,
La honte & la rigueur d'un asseuré supplice,
Vous doit faire haïr l'amour du bien d'autruy.

POVR LES SOMPTVEVX.

Somptueux, ou mõdains, dont les grãdes dépẽſes
Les ſuperbes Maiſons, les beaux Ameublemens
La richeſſe & l'eſclat de diuers veſtemens,
Font voir voſtre folie & vos magnificences:
Ce nombre de valets, carroſſes & cheuaux,
Dont le pois bien ſouuent cauſe de grands trauaux,
Ne ſert qu'à vous troubler & couurir de pouſſiere,
Retranchez ce beau train qui n'a point de pareil,
Et ſongez qu'un linceul & qu'une ſombre biere,
Doit eſtre apres la mort voſtre grand apareil.

POVR LES COLERES.

Coleres emportez, qu'un ſeul regard outrage!
Qu'une parole irrite & met au deſeſpoir,
Des vaines paſſions le fidelle miroir,
Eſt bien repreſenté deſſus voſtre viſage;
Si tout ne reſpond point à vos ardens ſoûhaits,
D'un injuſte couroux on voit les prompts effets,
La menaſſe ou le coup ſuit voſtre humeur legere,
Quand vous offenſez, Dieu! meſpriſant ſes vertus,
S'il n'avoit retenu ſon bras & ſa colere!
Il eſt dé-ja long-temps que vous ne ſeriez plus.

POVR LES INGRATS.

INgrats, méconnoissans, lasches trop insensibles,
Qui voulez qu'un bien-fait se trouue enseuely,
Dans l'abisme profond d'un eternel oubly,
Desauoüant encor les faueurs plus visibles,
Les seruices rendus, les seruices passés,
Par vostre lascheté paroissent effacés,
Et les aneantir est toute vostre estude,
De tous vos bien-facteurs les noms sont odieux;
Mais enfin apprenez que vostre ingratitude,
Est le plus grand deffaut d'un homme genereux.

POVR LES CRVELS.

CRuels qui cherissez le sang & le carnage !
Pour le malheur d'autruy vous estes sans pitié,
Conseruant seulement pour vous de l'amitié,
Vous negligez la peine & riez du naufrage,
Vostre insensible cœur voit indifferemment,
L'un abysmé dans l'eau, l'autre en l'embrasement,
Et vous n'en ressentés aucune inquietude !
Participez aux maux des mortels abbatus,
Et soyez asseurez que la mansuetude,
Esgale iustement les plus grandes vertus.

POVR

POVR LES INCONSTANS.

INconſtans plus legers que le vent & la plume,
Vous voulés tout enſemble, & vous ne voulés pas,
L'objet qui vous déplait à pour vous des apas,
Et vous changés cent fois, ſelon voſtre coûtume ;
Aujourd'huy vous flatés & traités un amy,
Demain vous le voyez ainſi qn'un ennemy,
Vous n'aimés la vertu que pour un ſeul quart d'heure
Courez & perſiſtez dans un meilleur chemin,
Afin de poſſeder l'immuable demeure ;
Il faut perſeuerer au bien juſqu'à la fin.

POVR LES POLITIQVES.

POlitiques fameux qu'on met au rang des ſages
Les guides & l'apuy des plus auguſtes Roys,
De qui les bons Conſeils dans vos diuers émplois,
S'atirent leur puiſſance & vangent leurs outrages,
Vos ſeruices, vos ſoins conronnent voſtre nom,
Et vous vous acquerez un immortel renom
En gagnant l'amitié d'un Monarque heroïque,
Ses Eloges ſont deubs à voſtre affection,
Mais prenez garde auſſy que voſtre Politique,
Ne l'emporte jamais ſur la Religion.

D

POVR LES SCAVANS.

PHilofophes, Sçauans, Doctes, Intelligences,
Ecriuant ou lifant vous trauaillez toufiours,
Et paßez bien fouuent les nuits comme les iours,
A chercher les fecrets des plus belles fciences,
Vous voyez les noueaux & les anciens Autheurs,
Qui trouuent parmy nous des grands admirateurs,
Rien ne femble impoßible à voftre eftude extrefme,
Sans en eftre orgueilleux! de grace penfez bien
Qu'il fuffit de fçauoir fe connoiftre foy-mefme:
Et que le plus fçauant a dit qu'il ne fçait rien.

POVR LES IMPIES.

AThée Audacieux, deteftables Impies!
Qui vous perfuadés qu'il ne foit point de Dieu
Et pour un plus grand mal, le difant en tout lieu,
Authorifez le cours de vos mauuaifes vies,
Jettez les yeux au Ciel, regardez fon flambleau,
Confiderez la terre, & le feu, l'air & l'eau,
Les Plantes, Animaux & l'homme raifonnable,
Si vous n'eftes vaincus par cela fans la foy,
Impie: ah! ie crains bien qu'il ne foit veritable,
Que tu ne trouueras jamais de Dieu pour toy.

POVR TOVT LE MONDE.

Princes, Iuges, Amans, Vindicatifs Auares,
Superbes, Feneants, Ioüeurs, Fourbes, Fureurs,
Envieux, Medisans, Gourmans, Ingrats, Voleurs,
Coleres, Inconstans, & cruels ou Barbares,
Politiques, Sçauans, impies, Sumptueux,
Abandonnés bien-tost vos deffaus dangereux,
Et pensez au bon-heur d'une vie éternelle,
Ioignez les gens de bien aux pieds de leurs Autels,
Et vous aurés enfin la couronne immortelle,
Qui sert de recompense aux fidelles Mortels.